횡천橫川

이창수 시집

문학세계사

두 번째 시집 『귓속에서 운다』를 낸 후 십 년 만에 『횡천』을 내게 되었다. 두 번째 시집과 세 번째 시집을 내는 십 년 사이에 많은 일들을 겪었다. 십 년 넘게 머물던 서울에서 광주로 돌아온 일과 지병으로 돌아가신 어머니를 고향 집 근처에 모신 일이 가장 큰 변화다.

이별을 피할 수 없는 게 인간의 숙명인가 보다. 우울한 마음을 달래려 섬진강을 따라가다 지리산을 만났다. 섬진강과 지리산 앞에 서니 말이 적어지고 눈과 귀가 즐겁다. 시집을 내기까지 조언 아끼지 않은 고영민 시인에게 고맙다는 말 전한다.

2022년 6월 광주에서

이 창 수

□차례

1. 봄의 동력

2. 보성강

3. 도를 아십니까?

4. 땅벌

1

봄의 동력

봄의 동력

매화나무에서 보일러 돌아가는 소리가 난다

매화나무 울타리에

벌들이 구름 화물에서 날라 온 석탄 퍼붓고 있다

겨울에 어머니는 고운 옷 입고 화장하고

외할아버지 곁으로 아주 떠났다

겨울에서 봄까지 나는 쓸쓸해져서

어머니 없는 골목에 오래 서 있었지만

매화나무 공장에서 야근하는 일벌들

봄 울타리 여느라 분주하다

사슴

명순 씨가 울고 있다

화장하고 일 나가는 명순 씨에게
왜 이렇게 이뻐졌어! 농담 던지면
부끄러워 얼굴 붉히는 명순 씨는
올해 쉰 살 넘겼다
누구에게도 나이 가르쳐 주지 않던 명순 씨는
서울은 몇 살에 올라왔냐?
올라온 지 얼마나 됐느냐는 질문에 나이 들키고 말았다
캔맥주나 사과 같은 걸로 내 입 막으려는 명순 씨는
화장하면 스무 살로 보인다
며칠 전 몸이 아파 일 나가지 못했던 명순 씨가
큰맘 먹고 인터넷으로 사슴피 구했다며
북간도 농장이라는 상표가 붙은
파아란 사슴피가 담긴 비닐봉지 주고 갔다

북간도 농장 사슴피 먹고 일 나갔다 무리에서 쫓겨난
명순 씨가 운다

사슴보다 슬피 운다

복내

친구 집에 갔다가
방바닥에 놓인 편지 읽게 되었다
한약방 노인이 이사 가면서
그동안 복내에서 밥 먹고 살았으니
고마웠다는 내용이었다

오랫동안 노인의 어린 딸 찾아 헤맸다
그녀에게 보내는 편지 썼지만
마지막 문장 다 마치지 못하고
타지를 떠돌았다

강물 위 벚꽃이 떠다녔다
강물 위 벚꽃으로 떠돌았다

횡천橫川

시냇물이 옆으로 흘렀네
마을에 식자가 있어 횡천이라 불렀네
시냇물 따라 버드나무가 자라고
버드나무는 새와 구름 불러왔네
냇가에 작은 술집도 생겼다네
술집에서 나온 사람들이 옆으로 걸었네

횡천 거슬러 올라가면
푸른 학 날아다니는 청학동이 나온다네
시절이 하 수상해지면
순한 사람들이 청학동에 들어와 살았네
사나운 도적들 찾아왔지만
나무꾼이 되거나 더 깊은 산으로 갔다네

횡천에 다리가 놓이고 시장이 섰네
길이 포장되고 자동차가 다니기 시작했네
사람들도 앞만 보고 걸었네
구불구불 길도 직선으로 바뀌고
논도 밭도 바둑판 되었다네
사람들은 직선을 숭배했다네

그러든 말든 횡천은 옆으로만 흘렀다네
횡천 가로질러 그물이 쳐 있었으나
아무것도 걸리지 않았다네
밤 강물에 일월성신 희미하게 보였지만
그건 누구도 잡을 수 없는 물고기라서
마을 사람들 본체만체 지나갔다네

침묵

아버지 참나무 베어다
어머니 목욕물 데운다

더운물에 찬물 붓는 소리
더운물에 손 담그는 소리
다시 한 바가지 찬물 붓는 소리
손으로 물 휘젓는 소리

치매 앓는 어머니 안아다
아버지가 목욕시키는데

머리 감기는 소리
물 끼얹는 소리

침묵은 참나무보다 무겁고

산불 지나간 자리
연둣빛 고사리 돋는 소리

털신 한 켤레

검붉은 숯불 공중에 떠 있다

선홍색 꽃잎에 휘발유 부은 듯

검은 가지 붉은 꽃잎에 찬비 내리면

검고 윤기 나는 수천 꽃잎들

비바람 속에서 무어라 무어라 지껄인다

사흘은 춥고 나흘은 따뜻한 절 귀퉁이

화사한 옷 입고 마스크 쓴 노인들

꽃은 보지도 않고 귀엣말 주고받는데

각황전 댓돌엔 털신 한 켤레

검은 고슴도치가 엎드려 있다

한려

한려는 내가 사는 마을
가을이면 뒷산에서 알밤 줍고
대추나무 아래에서 노래 부른다
이 마을 사람들 목소리는
여간해선 울타리 넘지 않는다
한려는 내가 사랑하는 여자
우리는 주말마다 막걸리 마신다
그녀는 막걸리 두 잔이면 말이 많아지지만
나에게 한려는
안평이 꿈에서 본 도원이거나
수양이 바라보던 보현봉이다
어젯밤 한려와 막걸리 마셨다
대추와 날밤을 안주로
술병 보현봉만큼이나 쌓았다
두 잔 넘게 마신 그녀의 목소리가
뒷자리에 앉은 사람들에게는 들리지 않았지만
보현봉 하늘에 닿은 모양이다
그녀의 대춧빛 볼에 보름달 머물러 있다

섬진강 1

비 내리는 어느 해 여름
하동 송림 앞 강물에서
허리 숙여 재첩 건져 올리는 여인들 보았다
왜가리도 고개 꺾고 물고기 잡고 있었다
사람도 날짐승도 강물에서 허리 숙인다
늙은 여인이 어둠 속으로 사라지고
강물은 저희끼리 섞이며 앞으로 나아갔다
모래밭에서 물살이 잔잔해질 때
희미한 무엇이 보였다

재첩보다 작은 별

섬진강 2

오늘 강가에 나가
울음을 더 큰 울음으로 달래는
섬진강 넓은 등 보았다
기나긴 여울 따라
아주 먼 데로 날아가는 새 보았다
보기만 해도 침이 괴는
살구나무 둥치에 서서
저 멀리 흘러간
아득한 사람을 생각했다
해마다 슬픔의 이파리가 피어나는
살구나무에 사는 여리고 순한 짐승이
나를 강으로 데리고 가
얼굴 씻겨 주었다

이 세상에 없는 세상

무쇠 녹여 바람 만드네
돌 두드려 구름 부르네
채송화밭에 자작나무 비 뿌리네
녹슨 철조망 구부려 나비 만드네
유채밭으로 흰나비 날아오네
유리 녹인 물로 튤립 키우네
플라스틱 나비와 박달나무 강아지가
구름 속에서 놀고 있네
느티나무 장승 바람 가르며
하늘보다 넓은 운동장으로 달려 나가네
꿈인 듯 꿈인 듯
커다란 눈 깜박거리는 오후의 괘종시계
백 년을 가리키네
하느님보다 늙은 화가가
이 세상에 없는 세상 만들고 있네

내구름

어머니 산소는 봉분이 없는 평장이다
아버지가 돌아가시면 그때 봉분 만들기로 했다
어머니 돌아가신 후 자꾸 넘어져서
어제는 처음으로 아버지 부축해 드렸다

지고 피는 들판 너머에 산이 희미하게 보인다
아버지는 먼지구름을 내구름이라 부른다

흰 알약

의사는 불안이 찾아왔다고 했다

작고 흰 알약이 든 약봉지 주었다

아지랑이 몽롱한 봄 들녘 걸었다

평생 흘릴 땀 며칠 사이에 흘렸다

흰 알약 삼키고 호수 돌았다

수면 가득 벚꽃과 목련 피었다

발 씻고 머리 감는데 훌쩍이는 소리 났다

돌아보면 아무도 없었다

망초

흰 새가 공중의 구덩이로 사라졌다
캄캄한 허공에 핀 망초가
바람에 넘어졌다

공중을 떠돌던 새가
망초 사이로 사라졌다

젖은 그림자는 누구의 것인가

공중 캄캄한 항아리에서
울음소리가 들려왔다

2

보성강

우화

어릴 적 뒷산에서 죽은 매 한 마리와 꿩 두 마리 주웠다
꿩 등에는 매 발톱 자국이 깊게 나 있었고
매는 가랑이가 찢어져 있었다
아버지는 뒷산 욕심 많은 매가 꿩 두 마리 낚아챘는데
꿩들이 서로 반대편으로 날아가면서
매 가랑이가 찢긴 거라 하셨다
아버지의 추측이 맞는지 모르겠지만
그날 저녁 우리 가족은 꿩고기 맛나게 먹었다

뒷산 매와 꿩보다 못한 신세가 된 나는 서울을 떠돌았다
울면서 밥 먹는 날이 많았지만
해마다 봄은 오고
봄마다 사랑을 만나
등짝에 깊은 손톱자국 얻어오곤 했다
그런 날이면 뒷산 매와 꿩이 떠올랐다

가물치

육이오 참전용사에게만 준다는
빨강 모자 쓴 아버지
복내장에는 큰 가물치가 없다며
보성읍으로 버스 타고 나왔다
가는 곳마다 아버지가 보인다
나는 깊은 물에 사는 가물치
아버지 눈에 띄지 않으려고
사람들 속으로 숨었다
어린애만한 가물치 고아 먹으면
병이 낫겠다는 어머니
큰 병원 의사도 머리 흔드는데
가물치 몇 마리로 되겠어요?
아버지는 병든 어머니 데리고
광주와 화순 순천과 장흥
멀리 서울 큰 병원까지 다녀왔지만
의사들은 고개만 흔들었다
아버지는 오일장마다 가물치 구하러 다니고
나는 아버지 피해 다녔다

잉어

시천리詩川理
눈 내리는 겨울이면 강가에 앉아 물소리 듣곤 했다
귀가 시리고 서러운 마음이 사라질 때까지

아버지는 윗동네에서 가마 빌려 어머니를 데려왔다
강물이 휘돌아가는 자리에 뗏목이 있었고
뗏목지기 딸 마음에 두고 있었다고 했다
두고두고 아버지와 어머니의 다툼이 있었다
나도 사랑하는 여자에게 윗동네 눈이 큰 여자아이
이야기하다
다툼의 불씨 만들곤 했다

지나가던 사람이
작년 이맘때 팔뚝만 한 잉어가 나오던데 지금도 나오나요?
묻는다
서늘한 지느러미와 물큰한 비린내가 난다

쪽잠 속으로 잉어가
올라온다

목련

이사 갈 방 구하기가 힘에 부쳤다
방 구하려는 궁리가 돈에 막혀
창문이 막힌 방 구했다
창문이 높아 목매달 만한 높이에서
목련나무 보였다

막다른 곳으로 몸 옮겼다
창문도 생각도 막힌
전화도 가끔 먹통 되는
막다른 골목에서 목련꽃 올라왔다
오오
내 안 적막한 골목에서
스스로 올라오는 목련이 보였다

얇은 벽

옆방 여자의 꿈이 내게로 찾아온 적 있다
그 여자의 악몽에 나도 빠져들 때가 있다
휴일 대낮 그녀의 교성에 젖은 적이 있다
여자의 신음 듣고
내가 방에 없는 것처럼
화장실 갈 때 여자가 눈치채지 못하게
발꿈치 들고 천천히 오줌 누어야 했다
이름도 모르지만
염치 걸러주는 벽이
눈물 나게 고마웠다
쓰레기 버리러
반바지에 슬리퍼 신고 나온 그녀에게
눈인사하였다
거리에서 만나면 서로 인사도 안 하지만
한겨울 밤 기침 소리 들려오면
이마 짚어주고 싶었다

분수

　광장에서 보드 타는 아이들이 왔다 갔다 하다가 인파 속으로 사라진다. 해거름 속 아카시아 꽃향기 더욱 짙어지는데 광장 어디에도 아카시아나무가 없다. 옛 도청 앞에서 늙은 인부들이 길 닦는다. 길은 넓고 직선이다. 서른에 저 길 따라 서울에 갔다가 마흔 넘겨 돌아왔다. 여럿이 갔으나 나 혼자 돌아왔다. 가는 대로 몸 맡겼을 뿐이다. 그게 순리라 생각했다. 달리 어쩔 수 없었다. 광장의 분수, 물보라 속에서 무지개 보았다. 겨우 나를 달랠 수 있었다.

보성강

경수가 배터리로 물고기 잡다 경찰서에 끌려갔다. 물고기는 수달도 잡았는데 감옥에는 경수만 갔다. 모자 눌러쓴 경수가 법정에 나왔다. 판사에게 수달이 잡아먹어도 되는 물고기 사람은 잡으면 안 되냐고 따졌다가 징역 살았다. 국선 변호사도 그냥 살다 나오라고 했다. 아픈 어머니 위해 민물장어 잡아 온 경수에게 니가 수달보다 낫다고 칭찬했더니 다음 날에도 잡아 왔다. 아들인 나보다 경수가 효자였다. 커다란 가물치 얻어 호박과 밤 대추 넣고 장작불에 고아 어머니에게 드렸다. 강물이 붇고 수달이 살찔수록 경수는 야위어 갔다.

파주

그는 늘 장례식장에 있다
상주보다 슬픈 얼굴로 앉아 있다
화투판에서 그와 다툰 사람들이
다시는 상종하지 않겠다며
죽음보다 먼 곳으로 몰아내면
그는 슬픈 목소리로 내게 전화 건다
굴뚝에 연기 오르는 저녁이면
상갓집에서 화투패 쥐고 있을 그가 생각난다
아내도 아이들도 그를 떠나
다투지 않고서는 견딜 수 없는 어떤 마음이
사람들 사이에 앉아 있지 못하게 만들 때
그는 장례식장에 간다

삼정

의신에서 대성동 골짜기로 들어가는데 한국전쟁 중 대성동에 숨어 있던 빨치산 천여 명이 미군 비행기에서 쏟아내는 네이팜탄과 휘발유에 불타 죽었다. 가을이면 대성동 골짜기 붉은 단풍과 청량한 물소리에 이끌려 산행 다니는 사람이 많지만 나는 아직 가볼 엄두 못 내었다. 옛날 화전민이 살았다는 삼정으로 갔다. 삼정 마을 뒤 너덜지대는 대낮에도 산죽 부딪치는 소리가 무서웠다. 남부군 총사령관 이현상은 1953년 가을 이곳 빗점골 바위 아래서 주검으로 발견되었다. 그는 죽어서도 편치 않았다. 시신은 방부 처리되어 창경원에서 시민들에게 전시되었고 다시 고향 금산으로 보내졌는데 친척들이 받지 않아 빨치산 토벌대 대장 차일혁이 송림 백사장에서 화장시켜주었다. 차일혁은 적장에 대한 예우로 권총 뽑아 하늘에 세 발의 예포 쏘아 주었다. 이현상은 재가 되어 노량 바다로 갔다. 이현상이 죽은 후 빨치산은 지리산에서 하나둘 사라졌다. 그들이 사라진 자리에 화전민과 도벌꾼이 들어왔다. 세상과 등진 사람들이 찾았고 경찰에 쫓기는 대학생들이 찾아왔다. 그보다 훨씬 전에는 집과 논밭 빼앗긴 농부가 숨어 살았다. 바람에 쫓긴

구름이 모여들었다. 구름이 비가 되어 길 막았다. 해
와 달도 사람들 숨겨 주었다

지리산 1

눈보라 몰아치는 밤이면
골목에 서서 누군가 기다리곤 했다
아흔의 아버지 말고는
나에게 가족이 없는데
저 멀리 깊은 산마루 검은 별들 아래
나를 기다리는 무엇이 있다고 믿었다
가랑잎 바스락거리는 소리만 들려도
캄캄한 골목 둘러보곤 했다

보성강 따라가다 지리산 보았다
맑디맑은 섬진강
가장 깊은 곳에 엎드려 있는 소 한 마리

지리산 2 -1988

지리산 손바닥 보듯 환하다고 큰소리치는 서지우 따라
버스 갈아타고 도착한 게 남원 뱀사골이었다
고등학교 졸업 앞둔 우리는
물소리 크고 웅장한 물줄기 따라
뱀사골 산장에 도착해 라면부터 끓였다
산에는 도둑이 없고 다툼이 없다는 옆자리 남자는
그날 밤 취객들과 다투고 사라져버렸다
무릎까지 빠지는 눈 속에서 반야봉 노고단 지나
구르고 넘어져가며 화엄사에 도착했다
지금도 흰 눈밭에 찍힌 산짐승 발자국과
구상나무에 쌓인 눈 무더기 가슴에 서늘히 남아 있다

농약 사러 남원에 왔다가
지리산 첫눈에 반했다는 그 남자가 생각났다
희미한 능선 뒤에 더 희미한 능선이 보이고
더, 더 희미한 능선 끝에 겨우 보이는 산, 지리산

금동이

친구가 진돗개 새끼 얻어왔다
후배는 귀 보고 순종이 아니라고 했다가
친구에게 면박당했다
중학교 건물 짓는 인부들에게 고기 얻어먹었다
자립을 아는 개였다
친구와 후배는 빳빳한 꼬리 보아 순종이라 하고
풀어진 눈과 처진 귀로 보아 잡종이라며 다툰다
휘파람 불어 금동이를 불렀다
꼬리 세운 금동이가 머리 내밀었다
근친상간이 순종 만드는
개의 역사를 생각했다

눈사람

아침부터 쏟아져 내린 눈이
퇴근시간 다 되도록 멈추지 않는다
올해 보리농사 잘 되겠다
전화로 저녁 드셨냐고 묻는데
아버지는 엉뚱한 말만 하신다
지난달 산청에 갔다가
일찍 핀 노란 개나리꽃도 보았는데
광주는 겨울에 멈춰 있다
주말에 지리산에 가고 싶어
짐 싸다가 그만두었다
창문 밖 건물 모퉁이
반쯤 허물어진 눈사람이
도랑물 따라 겨울 바깥으로 사라진다

지난 계절 떠났던 꽃들 데리고
비가 되어 먼 산 돌아오겠지

처음과 끝

계당산 봉우리에 뜬 비구름
서풍 만나면 섬진강 되어 남해로 가고
동풍 만나면 영산강 되어 서해로 간다

집 앞 보성강 은빛 넌출 노량에 가닿고
산 너머 지석천 영산강으로 간다

고개고개 넘어 봄과 여름 지나
비 내리는 가을 지나 겨울까지

세상 끝까지 가보는 것이었네
세상의 처음을 보는 것이었네

구례 하동 지나 노량까지 갔었네
남해에서 며칠 술 마셨네

물은 산 건너지 못하고 산은 물 넘지 못해도
계당산 비구름
산 넘고 강 건너 세상 끝까지 가네

3

도를 아십니까?

산수유마을

산수유 찾아 구례 산수유 마을에 갔다
이십 년도 훨씬 전에 가본
지금은 어디에 있는지 가물가물하지만
이름만 들어도 정다운 구례 산수유마을
섬진강 따라 더듬더듬 찾아갔다

그림자조차 노오란 산수유 그늘에 앉아
봄마다 앓았던 사랑은 잊어버린 채
산수유나무 가지에 앉아
먼 데 보고 우는 노오란 새
새가 앉은 산수유 가지 흔드는 바람

솔개 그림자 보고 놀란 노오란 병아리들이
재빨리 어미 품으로 파고드는데
산수유 노오란 꽃들 바람 불 때마다
서로의 품으로 파고든다
바람 아직 찬데 산수유 그늘은 따뜻하다

노오란 산수유 꽃들 분주한 오후
산수유 노오란 꽃들 병아리마냥 쫑쫑거리며

만나고 헤어지고 만나고 헤어진다
산수유 꽃이 산수유 꽃 끝없이 토해내는
산수유 노오란 그늘에 아주 잠깐 서 있었다

나를 기억하는 방식

비누가 사라졌다
칫솔이 보이질 않아 새로 샀다
허리띠와 속옷이 보이지 않았다
새로 산 시집이 사라졌다
하루걸러 술 마시던 친구도 사라졌다
머리 위에서 빛나던
조약별도 가뭇없이 사라졌다

집으로 돌아가는 그 길은
머릿속에 남아 있다
집으로 가는 길모퉁이 교회당과
오리의 꽁지 물어
늙은 집사에게 혼나는
강아지는 그대로 남아 있다
집으로 가는 풍경 속에 살고 있는
오리와 강아지와 늙은 집사와
강물 위 떠도는 종소리가
혼신을 다해 나를 기억하고 있다

콩

어머니는 콩 흙으로 덮어주고 물 주었다
바람과 흙과 물
밭고랑에 엎드려 주문 외우면
마른 땅에서 초록 잎이 올라와
등록금이 되고 청바지로 바뀌었다
내가 세상에 삿대질할 때마다
어머니는 나를 뒷골 밭으로 불러
호미로 마른 땅 찍어
콩 하나 묻고
밭고랑에 엎드려 중얼거렸다
나는 어머니의 신통력 믿는 사람
콩밭으로 찾아와 징징거리면
어머니는 아버지 몰래 돈 얻어다 내게 주었다

툭! 빗방울 콩잎에 떨어지자
푸른 콩잎 활짝 편다

오늘의 운세

　기상캐스터는 오후에 눈이 내리니 두툼한 옷차림으로 외출하라고 한다. 증권사 과장인 친구는 선물시장에서 낭패 보았다고 한다. 보광동 언덕 내려가는데 복채 돌려 달라는 젊은 여자 앞에서 늙은 무당이 쩔쩔맨다. 오늘 당신은 약간의 어려움은 있지만 운이 조금씩 풀리는 날입니다. 눈앞의 어려움 때문에 포기하는 것은 좋지 않습니다. 노력하면 좋은 기회 만들 수 있습니다. 일이 복잡하게 엉켜 힘든 하루 보내겠지만 주위 사람의 도움으로 일어서는 전화위복의 하루입니다. 휴대폰 화면에 폭설 경보가 뜬다. 당집 붉은 깃발 아래 무당이 한숨 쉰다. 투자에 실패한 증권사 과장이 잿빛 하늘 보고 있다. 건널목 점집에서 나온 아가씨가 조심스럽게 좌우 살피고 있다. 먹구름 눈 뿌릴 듯 말 듯 멈춰 있다.

도장의 힘

하주의 여동생이 미군과 결혼했다
오빠 반대 무릅쓰고 한 결혼이었다
신랑은 서울에서 한 번
시골집 마당에서 또 한 번 사모관대 썼다
사방 십 리에 저런 미모는 없다고
전 부치던 아주머니들이 한마디씩 보탰다

그녀가 도장 찍고 돌아왔다
하주가 이태를 앓다 죽었다
하주가 판 도장으로
논밭 사고판 이웃들이
사망신고서에 인장 박고서야
비로소 죽을 수 있었다

나무와 돌과 짐승의 뼈에 새기던 그의 도장이
불사의 힘 가졌다는 걸
하주는 죽어서도 알지 못했다

꼬막 무덤

오일장마다 외할머니 꼬막 사 들고 와 삶는다. 대바구니에 담긴 참꼬막 펄펄 끓는 물에 살짝살짝 흔든다. 슬쩍슬쩍 흔들어 서로 자리 바꿔준다. 적당히 익으면 찬물에 헹군다. 잘 삶은 꼬막 껍데기 까면 핏물이 흐른다. 딸만 내리 셋 낳아 호적에도 오르지 못한 외할머니, 나 죽으면 제사는 누가 지내주나. 오일장마다 꼬막 삶으며 나와 동생 앞에서 핏줄 잇지 못한 자책한다. 제상에 올릴 꼬막, 둥글고 납작한 코 가진 외할머니 위해 어머니 꼬막 데친다. 비 온 뒤 마당에 박혀 있는 꼬막 무덤들. 막대기로 흰 꼬막 파내면 신주에 없는 외할머니 보인다.

유선사

흰 개가 마중 나왔다

까마귀 떼가 들판 덮었다

스님은 백리해라 하였다

업보라 하였다

하룻밤 자고 가라 하지만 손만 잡아주고 나왔다

봄보다 내 걸음이

늦었다

옻

옻이 몸에 좋다는 말 듣고 옻닭 먹었다
옻나무만 보아도 가려움에 시달리는 내가
한 그릇 깨끗하게 비웠다
밤새 핏자국이 맺히도록 온몸 긁었다

의사는 미련한 짓이라며
주사 놓아주고 처방전 주었다
두 달 동안이나 병원 드나들어야 했다

임자도에 갔다가 옻에 걸렸다

내 사랑이 늘 그랬다

입산금지

중산리 주차장에 차 세우고 매표소로 갔다
매표원은 달라는 표는 안 주고
해 떨어질 때 천왕봉에 가려느냐고
저기가 잠깐 다녀올 곳이냐고 눈 치켜뜬다
겨울엔 오후 한 시부터 입산금지라며
흰 눈 쌓인 천왕봉 가리키며
여긴 저기와 달라요
그 옷차림으로는 얼어 죽어요
천왕봉 올라가려다 바보 취급받았다
터덜터덜 산길 내려가다 만난 게 산천재였다
남명은 평생 열두 번 천왕봉에 올랐다지만
나는 중산리 주차장 매표소까지가 한계다
천왕봉에 오르려면 아침 일찍 오라는
늙은 매표원의 질책에
남명매 아래에서 천왕봉만 보다 돌아왔다

멀리서 보아야 보이는 것이 있다

도를 아십니까?

전라도에서 경기도로 갔다

이태원에서 여의도로 갔다

몇 갈래 갈림길 지나야 했다

아침저녁으로 검은 구두들이

지상과 지하로 가는 계단 울렸다

입 벌린 지하철 거대한 구덩이 앞에서

사람들이 우왕좌왕했다

육삼 빌딩 정수리에

겨울 몰고 오는 검은 구름이

이합과 집산 거듭하고 있었다

여의도 걷고 있는데

누군가 도를 아느냐고 물었다

항아리

밤새 내린 비가 항아리에 고인다

비 그치고 바람 잔데
검은 항아리 검은 물속
울고 있는 그대여

항아리 기울여 물 퍼내고
고개 숙여
아! 물으면 오! 답하는

멀리서 돌아오는 그대여

빈 항아리 뚜껑에
무거운 돌 눌러 놓아도
캄캄한 울음이 두 말

이팝나무집

길가 외딴집 누군가 밥 먹고 있다
시래깃국 식어가는 쓸쓸한 밥상에서
숟가락 달그락거리는 소리
아무리 퍼도 배부르지 않은
구름 고봉밥
사흘 밤낮 촉촉하게 적시는
시래기 국물 비
저녁연기 자욱한 마당에서
계곡물에 쌀 씻어
흰죽 쑨다
새들이 젖은 날개 말리는 저녁
따뜻한 죽 한 그릇 간장 한 종지
사랑하는 사람이 앓는 소리
숟가락 달그락거리는
길가 외딴집
누군가 밥 먹고 있다

양림동

늙은 개가 제 그림자 끌고 사라진 골목
키 큰 태산목이 공중의 태양 붙잡고 있다
바람의 둥지 수천의 가지 사이로
눈부신 햇살 술렁일 때
늙은 나무의 뒷문 열고 싶다
선뜻선뜻 반짝이는 잎사귀
수많은 창문 여닫는 소란 속에서
하늘의 개울에 발목 적시는 새 보고 있다

4

땅벌

산초 말리는 계절

　몽골. 기차로도 며칠이나 걸린다는 너른 들판과 아름다운 호수 상상했다. 혹독한 추위는 어떻게 건디나? 하루 여덟 시간씩 몽골 생각하며 두꺼운 잠바 샀다. 면접 보러 오라는 연락이 왔다. 두 달 동안 몽골에 대해 생각했는데 면접은 삼분도 걸리지 않았다. 마유주와 조랑말에 대해 이야기 나눌 시간이 없었다. 초원이 지워졌다. 양 떼들과 호수와 눈꺼풀이 없는 여자들과 등이 휜 칼날이 하나둘 사라졌다. 심사위원이 몽골에 가려는 이유 물었다. 드넓은 초원이 보고 싶다고 했다. 돌아오는 택시 안에서 거리 표시하는 조랑말이 무서운 기세로 달려 제자리에 나를 내려놓았다. 대상포진 앓는 어머니 먼 산만 보았다. 아버지는 어머니 위해 하루 여덟 시간씩 약초꾼 따라 산초 따러 다녔다. 싸늘한 늦가을 햇살에 산초 말라가는 동안 어머니의 우울은 깊어가고 아버지는 말이 없어졌다. 어머니가 나를 찾을 수 없는 먼 곳으로 떠나고 싶었다.

가족

　강아지가 상추밭 망쳤다. 대밭으로 어머니 신발 물고 갔다. 목줄 매려던 아버지 손가락 문 뒤로 더욱 사나워졌다. 몸이 커지면서 하루에도 몇 번이나 아버지에게서 전화가 왔다. 멧돼지 잡는 광수를 보냈으나 몸집이 어미보다 큰 강아지는 산으로 도망쳐 버렸다. 추석날 저녁 마당에서 고기 구웠다. 새끼는 던져주는 돼지고기 물고 어둠 속으로 도망쳤다. 장터에서 닭 물고 가는 걸 본 사람도 있었다. 더 큰 화 불러오기 전에 화근을 잘라야 했다. 해방 후 아버지의 형님이 좌익이 되었다. 할아버지도 다 큰 자식 어찌할 수 없을 때 아버지의 형님은 산으로 갔다고 했다. 먹구름 속으로 달이 들어가 마당이 아주 캄캄해졌을 때 뒷산에서 개가 울었다. 얼굴 한 번 본 적 없는 혈육의 울음소리 같았다.

가난한 재벌

어머니 휠체어로 모시고 회천으로 갔다
밀고 끌고 턱 만나면 들어 올리며
겨우 바다에 왔는데
모래에 물린 바퀴가 앞으로 가지 못한다
챙 넓은 모자에 마스크 쓴 어머니에게
검찰청 나가는 재벌 같다고
조카들이 깔깔거린다
거품 물고 들락거리는 바닷물에
어머니 발 담그기가 어렵다고
장흥 수문리에 와서도
거센 물결 때문에 바다에 갈 수 없어
페트병에 바닷물 떠다 발에 부어드렸다
어머니는 고향 바다 보지 못하고
고기 한 점 삼키지 못하지만
바람에 날리는 백일홍 다 헤아리듯
해방 나던 해 돌아가신 외할아버지 기억하신다
출렁이는 한여름 햇살 아래
흰 마스크 하고 모자 눌러 쓴
가난한 재벌 앞에서
남편과 아들과 손녀들이

깔깔깔 파도 이랑 보고 있다

구름의 표정

개는 소방대원이 쏜 마취 총에 죽었다.
아버지와 나의 근심이 느티나무 아래에 묻혔다.
오후에 세량지 돌다가
물속 깊은 곳에 피어 있는 벚꽃과 목련 보았다.

물속 하늘로 목련 줄기 뻗었다
저수지의 새인 물고기가
무럭무럭 피어난 목련 사이 헤엄치다가
구름 속으로 사라졌다

길가 노인이 파는 두릅 사서 끓은 물에 데쳤다
막걸리 한 잔 따라 베란다로 나가 공중에 뿌렸다
술 냄새 맡은 물고기와 새가 몰려왔다
개 짖는 소리가 들린다

막걸리 주전자 바닥이 보이자
구름 속에서 강아지가 다가왔다
손 내밀어 머리 쓰다듬다 말이 헛나왔다
미안하다

수몰민

마을이 물에 잠기자
친구들은 부두 하역장에서
완장 차기도 했다
더러는 철새가 되어 바다 건너갔다
집안 어른들이 지어준 이름조차
빈곤한 가계와 함께 사라졌다
집과 논밭 물에 잠기자
사람들은 천적 앞에서 기어 다니는
네발짐승이 되었다
꼬리 자르고 도망치는 도마뱀이 되었다
직립보행 하는 친구도 있었으나
그를 만나기는 무척 어려웠다
마을이 물에 잠긴 후였다

내 친구 이기권

　누렁소가 된똥 싸며 집으로 돌아가던 해거름 지는 여름, 이기권과 친구들이 비석거리 지나가던 여학생들 둘러쌌다. 용감한 여학생 하나가 잽싸게 달려가서 논밭에서 돌아오는 마을 사람들에게 도움 청했다. 사람들이 고함치며 쫓아오자 친구들은 저만 살겠다고 도망가고 발이 느린 이기권이 맨 뒤로 쳐졌다. 이기권이 큰소리로 친구들 불렀지만 아무도 돌아보지 않았다. 빨간 오토바이가 다가왔다. 이제 죽었구나! 생각하는 찰나 이놈들아 거기 서! 이기권이 도망치는 친구들 향해 고함쳤다. 빨간 오토바이가 이기권에게 용감한 젊은이라며 지나갔다. 바퀴에 살이 통통하게 오른 자전거가 이기권에게 사내답다고 했다. 지쳐 기어가다시피 도망가는데 친구들 뒤쫓는 경운기가 타라고 했다. 논으로 산으로 도망친 친구들은 잡히지 않았다. 빨간 오토바이와 자전거가 씩씩거리며 돌아왔다. 고생했다고 막걸리 한 사발 하자고 이장이 나섰다. 용감한 여학생이 고개 갸우뚱하며 이기권을 바라보았으나 시치미 떼고 따라주는 막걸리 마셨다. 얼굴이 벌겋게 달아오른 이기권이 아카시아 향기 날큼날큼 비석거리 지나 집으로 돌아올 때 깔깔깔깔 여학생들의 웃음소리가 들리는 것만 같았다고 했다. 제대 후

비석거리에 사는 처녀와 결혼한 이기권은 아내가 얼굴 물끄러미 바라볼 때 정말 무섭다 했다.

통영

포구 편의점에서 베트남 선원 보았다
선창가 편의점에서 만난
남자의 웃음 속에 흰 갈매기가 보였다

끊임없이 흔들리는 물결이 그의 집이다
잠시도 쉬지 않는 바다
바다의 공중에 갈매기 둥지가 있다

누군가 불쑥 내 손 잡아끌고 가
술잔 가득 소주 따라줄 것만 같은
통영 중앙시장

출렁이는 물결 위에서
아슬아슬 중심 잡는 갈매기
저희끼리 묻고 답하고 묻고 답하는

두승산

대선 끝난 후 뉴스를 보지 않게 되었다. 하나님의 말씀이 기품 있는 정치와 만나 가난과 질병마저 사라졌으니 불평과 불만은 국경 너머로 물러갔다. 오로지 나만 오래 앓던 중이염 때문에 언론을 곡해하고 다투기 멈추지 않아 무리에서 쫓겨나게 되었다. 한여름 무더위에 버스 갈아타고 고부면 두승산 꼭대기에 머물게 되었다. 사방 백리가 내려다보이는 느티나무에 등 기대고 내가 떠나온 먼 곳 보았다. 나를 따라온 한숨들이 느티나무 흔들기 시작했다. 해가 뉘엿뉘엿 변산 바다로 젖어 들자 산봉우리에 모인 작은 바람이 더 큰 바람 불러 모았다. 밤새 바람이 두승산의 날개인 느티나무 흔들어 두승산을 공중에 띄울 기세였다.

땅벌

허리 다친 형님 대신 벌초하러 갔다
증조부 손들은 여자와 미혼 남자 제외하고
벌초에 참여해야 했다
그렇다면 나는 가지 않아도 되는데
늙은 형님들은 너만 예외라며 갈퀴와 낫 쥐여 주었다
속으로 씨벌씨벌 갈퀴질하다가 벌집 건드렸다
땅벌들이 달려들었다
물 한 잔 마셔도 위아래가 엄하던 질서가
땅벌 앞에서 무너졌다
장조카와 사촌 형님이 고조부 증조부 산소 지나
할아버지 할머니 산소 밟고 도망쳤다
씨벌씨벌 갈퀴와 낫 팽개치고
비탈길 지나 개울 건너 아버지의 낡은 옷 걸친
허수아비 아래 엎드렸다
고을 원님이 와도 함부로 일어서지 않는다는
집안 위계가 무너지고
내년부터는 시집간 딸들도 벌초하러 와야 한다고
퉁퉁 부은 얼굴로 입 모았다

상무지구

　검고 흐릿한 하늘에서 눈이 내린다. 골목에서 달려 나온 아이들이 눈사람 만든다. 아이들의 작은 손에서 배 불룩한 눈사람이 태어난다. 아이들이 눈 속으로 사라지고 흰 눈 뒤집어쓴 젊은 연인들이 고개 두리번거리다 재빨리 모텔 안으로 사라진다. 손발이 시린 초병들과 시커먼 막사와 짚차 탄 장교들이 산 너머로 사라진다. 모텔에서 나온 남녀와 교회 가던 사람들이 발걸음 멈추고 배가 홀쭉해진 눈사람 옆 아기 눈사람 보고 한참이나 웃고 있다.

눈보라

어머니 가신 이틀 뒤 큰 눈이 내렸습니다

죽 사서 아버지에게 들렸습니다
눈 내리는 골목에서
대나무 지팡이 짚고 누군가를 기다리는 아버지
쉰 살의 아들과 아흔 바라보는 아버지가 점심 먹는데
창문으로 눈보라 몰아쳤습니다
숟가락질 소리 부지런한데
죽은 줄지 않고
눈보라 소리만 더욱 컸습니다
설도 지나 찾아올 사람 없는
마당에 귀 기울이다
서둘러 자리에서 일어났습니다
눈보라에 갇힌 아버지
손 흔드는 게 보였습니다

차마 마주 흔들지 못했습니다

음력

제사와 생일 음력으로 기억하는 아버지
겨울 끝에서 어머니 잃은 후
달력에 적힌 기념일이 줄었다
음력에 슬픈 일들이 더 많은가 봐
음력으로 쇠던 생일과 제사가 중단되고
간장과 된장 항아리 주둥이 비닐로 막고
먹다 남은 생선은 늙은 개에게 주었다
옷가지와 약봉지 태우는 연기 사그라질 때까지
개가 울었다
불꽃이 어머니 흔적 지워가는 동안
달력에 보이지 않던
희미한 별이 몇 개
쓸쓸한 저녁 빈칸 채웠다

화엄무인텔

화엄사 근처 무인텔에서
며칠 헛살다 온 적이 있다

창문 열고 길 건너 솔숲 능선 위
희미한 별들 뚜렷하게 빛날 때까지
희미한 새벽 별들 허공으로 사라질 때까지
멍청하게 서 있곤 했다

일주문 지나 사천왕문 지나
각황전 부처님 본체만체하고
붉고 흰 철쭉 피었다 지는 세석평전까지 흘러가는
흰 구름 아래서 비 기다렸다

장맛비는 저물어가는 들녘에 젖 물려주고
흙탕물 되어 섬진강으로 흘러갔다
강물은 언제 그랬냐는 듯 다시 맑아지고
시들어 져버린 꽃들 더욱 예쁜 낯으로 돌아왔다

물고기와 네발짐승 잠재우는
목어와 쇠북소리에도 잠들지 못했다

산등성에서 환생한 공중의 꽃들이
머리 위에서 빛나고 있었기 때문이었다

바위 선생

화개 의신 깊은 계곡으로 바위 선생 찾아가면
선생은 언제나 물소리 연주하고 있었다
머리에 푸른 소나무관 쓰고
잠시도 쉬지 않고 물소리 연주에 집중하신다

바위 선생은 참을성이 많은 분이다
봄부터 단풍으로 물빛 붉어질 때까지
계곡물 얼었다 풀릴 때까지
지리산에 사는 동물들과 사람들 하소연 듣고 계신다

선생에게 제자가 몇 있는데
고운과 휴정 그리고 화산이다
세 사람 다 오래전에 형체가 사라졌지만
눈과 비가 되어 선생을 다녀간 듯하다

마음 답답한 사람들이 바위 선생 찾아오지만
선생은 물소리 연주에만 집중할 뿐이다
걱정하지 마시라 사흘만 물소리 연주 듣고 있으면
답답한 마음 저절로 풀린다

봄봄

겨울부터 아버지는 노인 일자리 찾아 면사무소 드나드는데
면직원은 봄까지 기다리라 한다
날이 춥고 코로나 바이러스 기승인데
따뜻해지면 나가세요
설 쇠고 나서도 봄은 우수와 경칩에 갇혀 꼼짝 않는다
아버지는 봄이 오면 일터에 나가려고
읍내 한의원에서 무릎 치료 받는다

아버지의 휴대폰이 세탁기에서 나왔다
전화기가 살아 있어야
면사무소에서 오는 연락 받을 텐데
물기 사라지면 혹시 살아날까
아랫목 솜이불 속에 휴대폰 묻어두고 군불 때는 아버지
추위에 붙잡힌 봄은 꼼짝 않는데
밭둑에 심은 매화가 먼저 조금씩 혀 내민다

멀리서 보아야 보이는 것이 있다

이 진 우 (시인)

멀리서 보아야 보이는 것이 있다

 이창수 시인의 세 번째 시집 『횡천』에 등장하는 많은 사람은 평범한 이웃이 아니다. 말은 통하지만 멀고 이상한 나라에서 온 사람들 같다. 그런데도 두렵지 않다. 우스꽝스럽기도 하고 측은하기도 하다. 그 사람들 속에 시인도 끼어 있다.

 시인과 같은 건물에 사는 이웃으로 등장하는 화장 하면 이십 대로 보이는 오십 살 '명순 씨'(「사슴」)나 휴일 대낮 얇은 벽 너머로 들려오는 신음 때문에 방에 없는 것처럼 하게 한 '얇은 벽 너머 옆방 여자'(「얇은 방」) 또한 어려운 처지였다. 상황, 형편, 환경 모두가 녹록지 않은 시절이었고, 그네들에게나 시인에게 앞길이 잘 보이지 않았다.

 전라도에서 경기도로 갔다 / 이태원에서 여의도로 갔다 / 몇 갈래 갈림길 지나야 했다 / 아침저녁으로 검은 구두들이 / 지상과 지하로 가는 계단 울렸다 / 입 벌린 지하철 거대한 구덩이 앞에서 / 사람들이 우왕좌왕했다 / 육삼빌딩 정수리에 / 겨울 몰고 오는 검은 구름이 / 이합과 집산 거듭하고 있었다

/ 여의도 걷고 있는데 / 누군가 도를 아느냐고 물었다

—「도를 아십니까?」 전문

시인은 몇 갈래 갈림길을 거쳐 도시 자본의 심장 여의도에 발을 들여놓아 보기도 했지만 미래를 수치로 예측하는 검은 구두들마저 우왕좌왕했으며 금빛으로 빛나야 할 육삼빌딩 꼭대기는 우락부락 검은 구름만 보여주었다. 시인은 '누군가'의 입을 빌려서라도 자신에게 도(길, 道)를 아느냐고 묻고 싶을 정도였다. 도시가 가리키는, 드라마나 영화에 자주 등장하는 모두가 아는 그 길은 시인이 살아온 길, 살아가려는 길과 달랐다.

주저하는 동안 시인은 점점 더 내몰리게 된다.

막다른 곳으로 몸 옮겼다
창문도 생각도 막힌
전화도 가끔 먹통 되는
막다른 골목에서 목련꽃 올라왔다
오오
내 안 적막한 골목에서
스스로 올라오는 목련이 보였다

—「목련」 일부

밀려나 막다른 곳, 막다른 골목으로 난 길로만 다녀야 하는 상황에서 시인은 오히려 "내 안 적막한 골목에서 / 스스로 올라오는 목련"을 발견했다. 더 갈 데 없어 스스로를 몰아넣은 적막한 골목에서 우연히 본 "스스로 올라오는 목련", 어김없이, 어떤 상황에서도 봄이 되면 피는 목련. 그 생명력을 막다른 골목에서 보고 깨닫는 순간의 떨림은 감탄사 "오오"로 피어난다. 말로 표현하기 어려운 그래서 말보다 먼저 튀어나온 감탄은 대오각성의 순간, 생각과 마음이 스스로 길을 찾아가게 된다.

희망과 절망 사이를 쳇바퀴 돌 듯 살던 서울을 버리고 마흔을 맞는 시인의 감회는 아쉬움투성이.

옛 도청 앞에서 늙은 인부들이 길 닦는다. 길은 넓고 직선이다. 서른에 저 길 따라 서울에 갔다가 마흔 넘겨 돌아왔다. 여럿이 갔으나 나 혼자 돌아왔다. 가는 대로 몸 맡겼을 뿐이다. 그게 순리라 생각했다. 달리 어쩔 수 없었다. 광장의 분수, 물보라 속에서 무지개 보았다. 거우 나를 달랠 수 있었다.

—「분수」 일부

돌아오긴 했지만 "가는 대로 몸 맡겼을 뿐이다. 그게 순리라 생각했다"고 얘기해 놓고 "달리 어쩔 수 없었다"고 둘러 말한다. 경쟁에서 밀려난 자신에게 하는 변명일 수 있고, 같이 서울로 갔던 "여럿"에게 하는 변명일 수도 있겠다. 다 내려놓으려는 찰나 "광장의 분수, 물보라 속 무지개"를 본다, 계시처럼. 하늘이 무지개를 보여줄 때까지 기다리기만 하는 모두의 방식이 아니라도 분수처럼 물을 뿌려 무지개를 만들 수 있다는 사실을 깨닫고 자신을 토닥인다.

광장은 여러 사람을 위한 공간이기에 여러 사람을 배려해야 하는 공간이기도 하다. 골방에서 지내더라도 광장으로 나오면 누구나 광장의 규칙에 따라야 한다. 공간 자체로 요구사항이 많은 광장은 사회를 빼닮았다. 사회는 의무와 책임을 개인에게 지우는 대신 개인을 보호한다고 한다. 직위나 자리에 따라 개인을 나누며, 나눠진 개인에게 분수分數를 지키라 한다. "넓고 직선"인 길로만 다니라고 한다.

"나를 달랠 수 있"게 만들어 준 무지개는 "스스로 올라오는 목련"처럼 자기 안에 있었지만 자연에서 자라 어려서부터 알고 있었지만 뭐라 표현할 수 없었던 근원적 생명력을 보여주었다. 인공적으로 생산되지 않고 생산할 수 없으며 사고팔 수도 없는 그것.

시인은 시골, 전라남도 보성 복내면이라는 농촌에서 나고 자랐다. 1970년에 태어난 그의 세대는 타의로 자의로든 시골, 집을 떠나 무섭게 팽창하는 도시로 나갔다. 다들 그래서 그렇게 했지만 시인은 도시에 정착하지 못하고 혹은 하지 않고 돌아왔다. 도시를 겪고서 돌아와 보니 고향이 보였고, 다시 보였고, 다르게 보였다.

문화는 세태에 따라 변해간다. 오랜 문화와 급격히 변하는 세태는 엇박자를 내기 마련이다. 시골과 도시의 부조화도 변화 속도와 방향이 다른 데서 온다. 모두 홀린 듯 발전 일변도, 성장 우선만 외쳤으므로. 누가 뒤처지든 누가 희생당하든 뒤돌아보지 않고 앞만 보고 달렸다. 독식한 승자가 우상처럼 떠받들어지던 시대였다. 경쟁에 내몰린 세상에서 살아남기 위해서 올바른 판단 따위는 개나 줘버리는 시절이었다.

친구가 진돗개 새끼 얻어왔다

후배는 귀 보고 순종이 아니라고 했다가

친구에게 면박당했다

중학교 건물 짓는 인부들에게 고기 얻어먹었다

자립을 아는 개였다

친구와 후배는 빳빳한 꼬리 보아 순종이라 하고

풀어진 눈과 처진 귀로 보아 잡종이라며 다툰다

휘파람 불어 금동이를 불렀다

꼬리 세운 금동이가 머리 내밀었다

근친상간이 순종 만드는

개의 역사를 생각했다

—「금동이」 전문

순종이냐 잡종이냐가, 그러니까 혈통이 돈이 되고 돈이 되어야 값지게 여겨지는 세태가 시인은 의아하다. 본질보다 외형과 금액을 따지고 앞세우다 보니 인류가 그토록 경멸하던 근친상간을 가족보다 사랑하는 반려견에게 강요하는 상황에 이르렀으니. 인간과 개의 역사 중 애완견이 생산된 시기는 몇백 년에 불과하다. 여러 품종의 개를 교배시키고 유전 형질을 고정시키기 위해 근친상간도 마다하지 않았으며 기준에 맞지 않는 새끼는 모두 도태시켰는데, 목적은 상품이 되어버린 개가 인간의 유대 관계를 다시 쓰게 만든 상황은 도시와 시골 관계에서도 별다르지 않다.

횡천에 다리가 놓이고 시장이 섰네

길이 포장되고 자동차가 다니기 시작했네

사람들도 앞만 보고 걸었네

구불구불 길도 직선으로 바뀌고

논도 밭도 바둑판 되었다네

사람들은 직선을 숭배했다네

—「횡천橫川」 일부

개발은 도시와 농촌을 가리지 않고 이뤄진다. 도시는 개발을 원하는 자들의 공간이 돈이 흘러가야 하는 길을 지도 위에 그어 버리면 피와 땀으로 지켜온 복잡다단한 농촌의 역사, 내력, 문화, 이야기, 추억, 삶의 양식은 직선으로 잘려

조각나 버린다. 그러나 세상은 시간의 흐름에 따라 변해도 하늘의 이치는 변하지 않음을 횡천은 보여주고 있다. 횡천에 뜬 일월성신은 우주의 시간이고 질서이다. 그래서 사람들의 그물에는 걸리지 않는다. 시인의 눈은 그것을 본 것이리라.

본래 횡천은 자연스럽게 동식물을 모으고 사람을 모았던 곳.

시냇물이 옆으로 흘렀네
마을에 식자가 있어 횡천이라 불렀네
시냇물 따라 버드나무가 자라고
버드나무는 새와 구름 불러왔네
냇가에 작은 술집도 생겼다네
술집에서 나온 사람들이 옆으로 걸었네

—「횡천橫川」 일부

유장한 세월 동안 자연과 어울리며 사람들이 만들어 낸 풍경은 자본의 칼로 난도질당했다. "앞으로만 걸어라, 앞만 보고 뛰어도 모자란 판국에 옆으로 걷는 사람들이 있다고? 그런 반동분자들은!" 이런 자연스러움이 낯도 모르는 외지인들에 의해 깎이고 잘려나가는 상황이 시인은 불편하고 황당하다, 내가 누구인지, 누구라고 말할 수 있나 싶을 정

도로,

　비누가 사라졌다

　칫솔이 보이질 않아 새로 샀다

　허리띠와 속옷이 보이지 않았다

　새로 산 시집이 사라졌다

　하루걸러 술 마시던 친구도 사라졌다

　머리 위에서 빛나던

　조약별도 가뭇없이 사라졌다

　집으로 돌아가는 그 길은

　머릿속에 남아 있다

　집으로 가는 길모퉁이 교회당과

　오리의 꽁지 물어

　늙은 집사에게 혼나는

　강아지는 그대로 남아 있다

　집으로 가는 풍경 속에 살고 있는

　오리와 강아지와 늙은 집사와

　강물 위 떠도는 종소리가

　혼신 다해 나를 기억하고 있다

　　　　　　　　―「나를 기억하는 방식」 전문

시인이 보고 자란 모든 것들이, 내가 알지 못하게 변해가는 상황이 마치 누군가 내 기억을 삭제하는 듯해 보인다. 일상적인 물건, 비누나 칫솔 따위에서 시집, 술친구로부터 머리 위에 빛나던 조약별까지 기억에서 박박 지워가기에 내가 누구인지 알 수가 없게 되었다. 요행히 "집으로 돌아가는 그 길"만은 기억하고 있지만 이 기억 또한 곧 사라질까 두렵다. 그래서 "집으로 가는 풍경 속에 살고 있는" 것들이 "혼신을 다해 나를 기억해 주고 있다"고 말하는 것이다. 기억해줬으면 하는 것이다. 그렇게라도 나를 기억해 낼 수 있기를.

흰 개가 마중 나왔다

까마귀 떼가 들판 덮었다

스님은 백리해라 하였다

업보라 하였다

하룻밤 자고 가라 하지만 손만 잡아주고 나왔다

봄보다 내 걸음이

늦었다

—「유선사」 전문

유선사는 다행히 변하지 않았다. 산 아래 들판에 까마귀 떼 창궐해도 흰 개는 여전히 마중 나와 주고 스님도 반겨준다. 산사에 오른 자체가 시름을 떨쳐보려 함이니 백리해니 업보란 말은 의미가 없다. 스님은 속세의 시름을 잊고 하룻밤 머물다 가라지만 시인은 알게 모르게 세속에 물들어 봄답지 못한 자신을 탓하며 걸음을 재촉한다.

말로 표현할 수 있는 일에는 수사가 따르고 수사에는 형식이 따르고 형식에는 약속이 따른다. 약속은 믿음에서 나오기에 말은 믿음직할 때 쉽게 공감을 얻을 수 있다. 그러나 그 말이 얼마나 비정하고 사납고 무정하게 변했나. 말로 하지 않아도 서로 알고 공감할 수 있었던 일들이 점점 무의미해지고 도태되는 이 세상에서 살아가기 위해 시인은 '침묵'을 배운다.

아버지 참나무 베어다
어머니 목욕물 데운다

더운물에 찬물 붓는 소리
더운물에 손 담그는 소리
다시 한 바가지 찬물 붓는 소리
손으로 물 휘젓는 소리

치매 앓는 어머니 안아다
아버지가 목욕시키는데

머리 감기는 소리
물 끼얹는 소리

침묵은 참나무보다 무겁고

산불 지나간 자리
연둣빛 고사리 돋는 소리

　　　　　　　　　　—「침묵」 전문

　이 시의 제목은 침묵이지만 행위와 소리로 가득 차 있다.
말이 아닌 소리가 모든 상황과 가치와 마음 떨림을 들려준
다. 떨림은 점점 증폭되어 "산불 지나간 자리"에서 "연둣빛
고사리 돋는 소리"에 이른다. 고사리 돋는 소리는 온 생명
이 살아 솟구치는 생동감을 전한다. 우주가 침묵 속에서
도저하게 흐르며 내는 소리를 듣지 못하게 된 지 오래다. 빠
르고 높고 자극적인 소리와 이익과 손해를 따지는 말에만
익숙해져 있어서.

　화려하고 감각적인 수사로 독자를 현혹하는 일에 능한 시
인들은 많지만 침묵으로 독자의 귀를 열어주는 시인은 드

묻다. 산전수전 다 겪었음에도 시인은 독자가 귀를 열고 눈을 열고 마음을 열기를 기다린다. 한편으로는 아주 큰 그림을 보여주면서, 또 한편으로는 아주 사소한 일을 통해.

「처음과 끝」은 아주 큰 그림을 보여주는 시이다.

집 앞 보성강 은빛 넌출 노량에 가닿고
산 너머 지석천 영산강으로 간다

고개고개 넘어 봄과 여름 지나
비 내리는 가을 지나 겨울까지

세상 끝까지 가보는 것이었네
세상의 처음을 보는 것이었네

—「처음과 끝」 일부

시인은 눈에 보이는 자연의 흐름에 따라 세상의 처음과 끝을 보여준다. 이 흐름이 끊임없이 이어지는 동안 생명은 태어나고 죽음은 미련 없이 떠난다. 모두가 이 흐름이 어디서 와서 어디로 가는지, 자신의 처음이 어디고 끝이 어딘지 머리로는 알고 있지만 눈을 닫고 귀를 막고 산다. 코앞에 닥친 일, 일로부터 받은 성과, 그 이익과 손해를 자랑하거나 달래는 데 정신이 팔려있다. 물 위에 뜬 기름처럼 자기 생의 표면을 떠돌다 보니 자기가 정말 누구인지를 모르며 자기가 누구인지 알기를 두려워한다.

시인은 남을 통해 자신이 누구인지 들여다보고 남의 이야기를 통해 우리가 정말 제대로 살고 있는지 지켜보는 편이다. 남을 만나고 남의 말에 귀 기울이는 시인을 보면 시인이 누구인지 알 수 있다.

경수가 배터리로 물고기 잡다 경찰서에 끌려갔다. 물고기는 수달도 잡았는데 감옥에는 경수만 갔다. 모자 눌러 쓴 경수가 법정에 나왔다. 판사에게 수달이 잡아먹어도 되는 물고기 사람은 잡으면 안 되냐고 따졌다가 징역 살았다. 국선 변호사도 그냥 살다 나오라고 했다. 아픈 어머니 위해 민물장어 잡아 온 경수에게 니가 수달보다 낫다고 칭찬했더니 다음 날에도 잡아왔다. 아들인 나보다 경수가 효자였다. 커다란 가물치 얻어 호박과 밤 대추 넣고 장작불에 고아 어머니에게 드렸다. 강물이 붇고 수달이 살찔수록 경수는 야위어 갔다.

—「보성강」 전문

경수는 수달보다 못한 대우받는 현실을 인정하지 못한다. 경수나 수달이나 민물장어도 잡고 가물치도 잡는 데 경수는 배터리를 썼고 수달은 이빨을 썼다. 수달은 자연적인 방법을 썼지만 경수는 기술을 썼다. 기술은 동물과 인간을 가르는 척도이기도 한데 '인간답게' 기술을 썼다고 경수는 징역을 살았다. 인간이 기술을 이용해 자연에서 이득을 얻는 일이 처벌 대상이라면 이산화탄소를 배출하는 모든 공장, 자동차도 처벌되어 마땅하다. 하지만 모두가 합의해서 저지른 범죄는 처벌 대상이 아니라는 게 인간의 법. 큰 도둑은 놓아주고 작은 도둑만 벌하는 이중성을 현실은 권장한다.

이처럼 이중적 가치를 강요하는 현실은 편파적이고 작위적이며 부당하다. 그럼에도 이중잣대를 무소불위로 휘둘러온 참상은 우리 현대사에 고스란히 남아 있다. 알면서도 참아야 했고 분노하면서도 움츠려야 목숨을 부지할 수 있었던 추악한 역사를 누구도 들추고 싶고 않겠지.

눈보라 몰아치는 밤이면
골목에 서서 누군가 기다리곤 했다
아흔의 아버지 말고는
나에게 가족이 없는데
저 멀리 깊은 산마루 검은 별들 아래
나를 기다리는 무엇이 있다고 믿었다
가랑잎 바스락거리는 소리만 들려도
캄캄한 골목 둘러보곤 했다
                            ―「지리산 1」 일부

시인과 시인의 가계에는 감당할 수 없고 이해할 수 없는 역사적 사건과 상황이 많았다. 스스로를 위로하기도 하고 이웃을 걱정하기도 하고 역사의 아픔을 껴안기도 하면서 변해가는 세상에 적응해 보려 하기도 하고 벗어나 보려 하기도 하였다. 혼자라서 생각, 혼자 동떨어져 있다는 생각, 혼자 내팽개졌다는 생각들은 시인 혼자만의 일이거나 생각이 아니라 공포스런 한국사회에서 살아남은 사람들이 공통적 생각일 것이다. 그렇지만 현대사를 거부할 수만도 없는 상황인 걸 인정해야 살아갈 수 있다는 걸 할아버지, 아버지, 형제들, 친척들, 친구들을 보며 깨쳤기에 시인은 판단을 유보하는 화법과 늘 웃는 가면을 쓰기도 하였다.

이 시집에서 아주 긴 축에 속하는 「내 친구 이기권」은 콩트로도 읽힌다. 시인의 시에는 길거나 짧거나 할 거 없이 거의 각양각색 인물이 등장하고 사건이 등장한다. 이런 점 때문에 시가 아니라 이야기 혹은 짧은 소설이 아닐까 싶기도 할 텐데 시의 서사는 소설과 달리 논리적이지 않고 논리적일 필요도 없다. 이야기하듯 진행되지만 본질은 이야기 자체가 아니라 감정이기 때문이다. 굳이 서사란 이름을 붙여야 한다면 '감정의 서사'라고 부르는 쪽이 맞겠다. 그렇다고 감정을 드러내지 않으며 감정에 대해 중언부언하지 않는다. 감춘 듯 드러내고 드러낸 듯 감출 뿐.

여학생을 떠보려다 들켜 같이 도망치던 친구 중 가장 느린 이기권은 잡힐지 몰라 추격하는 사람들 편에 선다. "이제 죽었구나! 생각하는 찰나 이놈들아 거기서!" 친구들을 향해 고함을 치는 기지를 발휘하여 위기를 모면했을 뿐 아니라 그 마을 처녀와 결혼하였다. 그리고 이기권의 "아내가 자기 얼굴을 물끄러미 바라볼 때 정말 무섭다"는 말로 시를 마친다.

이기권은 살아남기 위해 앞서 언급된 친구 경수처럼 떳떳하다고 하지 못 할 일을 했다. 그러나 친구인 시인의 입장에서 볼 때는 사건을 달리 재해석될 수 있다. 친구를 배신하고 동네 처녀와 혼인도 하였으나 마음 졸이는 이기권이 그리 나쁜가? 시인은 독자의 판단을 묻고 있다. 실수를 저질러도 어느 정도 이해해 주던 시골 관습과 문화가 사라져 법대로 따지게 된 상황이 공정한가 넌지시 묻고 있다. 법보다 먼저였던 정, 인간다움과 인간미가 사라져가는 세상이 마음 아프지 않은가?

아래 「수몰민」에서 시인의 친구들은 살던 마을이 수몰되자 뿔뿔이 흩어졌으며 대부분이 네발짐승이 되어버렸다. "꼬리 자르고 도망치는 도마뱀"도 되었고 "직립보행 하는 친구"는 만나기 어려워졌다.

마을이 물에 잠기자

친구들은 부두 하역장에서

완장 차기도 했다

더러는 철새가 되어 바다 건너갔다

집안 어른들이 지어준 이름조차

빈곤한 가게와 함께 사라졌다

집과 논밭 물에 잠기자

사람들은 천적 앞에서 기어 다니는

네발짐승이 되었다

꼬리 자르고 도망치는 도마뱀이 되었다

직립보행 하는 친구도 있었으나

그를 만나기는 무척 어려웠다

마을이 물에 잠긴 후였다

―「수몰민」 전문

　수몰될지 몰랐던 그 친구들은 마을이 수몰되자 변해 버렸다. 정책의 큰 흐름이 마을을 수몰시켜 버렸다. 공익을 위하여 합법적으로 보상하였고 지도에서 보일락말락 하찮은 마을을 희생시켰으므로 수몰을 계획하고 추진한 큰 손은 현명하고 옳았지만 보상금 받고도 잘못되어 버린 그 친구들과 집안이 문제였다고 단정 지을 수는 없는 일이다. 시인은 이런 상황에 대해 머리로는 어느 한쪽을 편 들 수 있겠지만 마음으로는 편 들기 힘들다. 편들어야 하는 상황을 받아들이기도 어렵다.

합법적이든 불법적이든 권력이 개인의 운명을 좌우하는 일, 다수이기 때문에 소수를 짓밟고 무시하는 일은 한국 현대사를 멍들게 하였다. 역사 앞에서 벌어진 그 일들을 어쩔 수 없는 희생이라고 말할 수 있겠지만 희생자들에게는 지워지지 않는 상처가 되었다. 그 상처를 볼 때마다 시인은 떨린다.

현대사는 이 땅에 살아가는 사람들에게 말할 수 없는 상처와 고통을 남겼다. 동시에 그 상처나 고통을 드러내 보이면 안 된다는 금기도 만들었다.

이현상이 죽은 후 빨치산은 지리산에서 하나둘 사라졌다. 그들이 사라진 자리에 화전민과 도벌꾼이 들어왔다. 세상과 등진 사람들이 찾아왔고 경찰에 쫓기는 대학생들이 찾아왔다. 그보다 훨씬 전에는 집과 논밭 빼앗긴 농부가 숨어 살았다. 바람에 쫓긴 구름이 모여들었다. 구름이 비가 되어 바위 굴려 길 막아 주었다. 해와 달도 사람들 숨겨 주었다.

—「삼정」 일부

해방 후 아버지의 형님이 좌익이 되었다. 할아버지도 다 큰 자식 어찌할 수 없을 때 아버지의 형님은 산으로 갔다고 했다. 먹구름 속으로 달이 들어가 마당이 아주 캄캄해졌을 때 뒷산에서 개가 울었다. 얼굴 한 번 본 적 없는 혈육의 울음소리 같았다.

—「가족」 일부

이념 대립의 잔혹사를 경험한 사람들은 각자도생 DNA를 얻었다. 역사와 현실 속에 살되 퇴로를 늘 확보해야 한다는 강박증을 앓고 있다.

　시인처럼 1960-70년대 태어나 중장년이 된 세대는 전쟁으로 폐허가 된 국가가 기적에 가까운 경제성장을 하는 동안 과실을 따 먹었다고 한다. 통계수치로만 보면 이른바 낙수효과를 누렸다 보일 수 있다. 그런데 이 세대는 전쟁을 겪은 부모 세대와 일본 제국주의 식민 지배를 겪은 조부모 세대 아래서 자라났고 정치가 민주화되고 경제도 안정기에 접어든 시절에 태어난 20~30대를 자식으로 두고 있다.

　이 세대 조부모와 부모 세대는 일제 국권을 빼앗기고 전쟁으로 가족을 잃거나 이념 대립으로 갈라선 트라우마를 가지고 있다. 일제가 물러나고 남한 정부가 수립되는 과정에서 좌우가 극심한 이념 대립을 겪었고, 대립은 전쟁 기간 서로를 잔인하게 했다. 어찌어찌 살아남은 사람들에게 군사정권은 침묵과 복종을 강요했다. 정신의 식민시대가 열렸다. 먹고 살 수만 있다면 자유, 인권은 접어둘 수 있었다. 독재자 앞에서 바짝 엎드린 대신 집안에서는 독재자로 군림하여 국가 대신 자식들을 감시하고 억압하였다. 국가도 독재, 부모도 독재.

시인은 어려서는 윗세대의 입단속, 생각 단속에 복종했고 광주민주화운동 중 국가가 국민을 학살한 공포를 겪었다. 군사정권이 무너지고 문민정부가 들어서는 혁명을 보며 청년이 되었다. 그러나 청년이 되었어도 늘 그림자처럼 윗세대의 역사가 따라다니며 선택의 순간마다 간섭했다. 쉰 살이 넘어도 그 그림자는 떠날 줄을 모른다.

시인의 세대는 윗세대보다 안전하고 자유로워졌지만 뼈 깊숙이 박혀 있는 불안의 역사를 떨칠 수 없었고 가부장으로 말만 바뀐 독재의 습성에서 완전히 벗어나지도 못했다. 그래서 자식 세대와 불화를 겪고 있는데, 불화의 탓을 자신에게 돌리기 힘들어한다. 조부모, 부모, 자신이 겪어내야 했던 일에 비해 우리가 자식에게 바라는 일은 얼마나 사소하냐며 화를 내기도 하고 자신의 대에서 역사의 상처, 트라우마를 끊어야지 다짐하기도 하지만 방법을 찾아내지 못한 채 갈등의 골만 깊어진다. 원치 않는 갈등이 길어지며 윗세대로부터도, 자식 세대로부터도 멀어지고 있다. 이렇게 각자도생各自圖生, 모든 세대가 각자 살길을 찾는 시대로 접어들었다.

서로에게 상처를 주고받는 동안 서로가 고슴도치처럼 불안과 분노의 가시를 길렀다. 다가가고 싶어도 서로를 찌르기만 하고 멀어질 수도 없는 딜레마에 빠져있다.

그래서 시인은 어느 날 갑자기 운명이 뜻하지 않는 방향
으로 바뀔지 모른다는 두려움을 떨치지 못한다.

　　흰 알약 삼키고 호수 돌았다

　　수면 가득 벚꽃과 목련 피었다

　　발 씻고 머리 감는데 훌쩍이는 소리 났다

　　돌아보면 아무도 없었다

　　　　　　　　　　　　　　　　—「흰 알약」 일부

　불안 중세로 병원에서 약을 타온 시인은 불안을 없애주
는 알약을 먹고 마음을 가다듬어 보려고 노력하지만 쉽지
가 않다. 시인은 혼자 있을 때 누군가 훌쩍이는 소리를 듣
는다. 그러나 그 정체는 확실하게 보이지 않는다.
　정체 모를 불안과 현실의 부조리에서 벗어나고 싶은 마음
에 「이 세상에 없는 세상」을 상상해 보기도 한다. "하느님보
다 늙은 화가가 / 이 세상에 없는 세상 만들고 있"다고. 하
지만 시인이 현실 속에서 눈 줄 곳, 기댈 곳은 태고부터 도
도하게 이 땅을 지키고 감싸준 강과 산이다. 「섬진강 1」에서
는 "모래밭에서 물살이 잔잔해질 때 / 희미한 무엇이 보였

다 // 재첩보다 작은 별"을 만나고 「섬진강 2」에서는 "해마다 슬픔의 이파리가 피어나는 / 살구나무에 사는 여리고 순한 짐승이 / 나를 강으로 데리고 가 / 얼굴 씻겨 주었다"고 노래한다. 「지리산 1」에서는 "보성강 따라가다 지리산 보았다 / 맑디맑은 섬진강 / 가장 깊은 곳에 엎드려 있는 소 한 마리"를 발견한다. 섬진강에 비친 지리산을 거대한 소로 보기도 하며 「지리산 2」에서는 "희미한 능선 뒤에 더 희미한 능선이 보이고 / 더, 더 희미한 능선 끝에 겨우 보이는 산, 지리산을 안은 섬진강"에서 찾아낸다.

  산천에 몸을 기댄 시인에게 세상의 주객이 뒤바뀌어버린다. 시인은 "물속 하늘로 목련 줄기 뻗었다 / 저수지의 새인 물고기가 / 무럭무럭 피어난 목련 사이 헤엄치다가 / 구름 속으로 사라졌다(「구름의 표정」)"고 하며 두승산에 올라서는 "사방 백 리가 내려다보이는 느티나무에 등 기대고 내가 떠나온 먼 곳 보았다. 나를 따라온 한숨들 느티나무 흔들었다(「두승산」)"고 읊조린다.

  그럼에도 시인이 다다른 경지는 분별, 다툼 없이 서로서로 기대고 어울리는 화엄 세계. 차별 없이 촘촘히 인연으로 이어진 모두가 서로를 서로 꿈꾸지만 꿈만 꾸고 잊어버리는 그 세계.

장맛비는 저물어가는 들녘에 젖 물려주고

흙탕물 되어 섬진강으로 흘러갔다

강물은 언제 그랬냐는 듯 다시 맑아지고

시들어 져버린 꽃들 더욱 예쁜 낯으로 돌아왔다

물고기와 네발짐승 잠재우는

목어와 쇠북소리에도 잠들지 못했다

산등성에서 환생한 공중의 꽃들이

머리 위에서 빛나고 있었기 때문이었다

　　　　　　　　　　　　　—「화엄사무인텔」 일부

　시인은 '화엄 무인텔'에서 생명이 의지해 태어나고 어울리고 죽고 다시 태어나기를 순환하는 장관을 마음의 눈心眼으로 본다. 장맛비, 봄 들녘, 섬진강, 꽃은 서로 다른 존재인 듯, 상관없어 보이지만 서로에게 원인이 되고 결과가 되기에 그중 하나라도 빠지면 생명의 순환은 이뤄지지 않는다. 들녘의 보잘것없는 꽃 한 송이를 피우기 위해 온 존재가 힘을 쏟는다. 온 존재가 꽃이고 꽃이 온 존재인 세상. 모두가 함께 크고 환한 꽃으로 피어나 장엄하게 사는 세계를 시인은 쉬지 않고 꿈꾼다.

　『횡천』은 우리 시대의 삶이 온전하지도 공평하지도 않다는 사실을 반복해서 보여준다. 누가 나서서 말하지 않아도

다 알고 있는 사실이라고 생각해 온 사람이라도 시인의 삶을 되돌아보거나 곱씹어보면 지금과 다른 얼굴과 표정을 내면 깊이 묻어두고 있었다고 말하고 싶다. 우리의 고달픈 현대사와 숨겨 둔 개인사를 우스꽝스럽고 해학적으로 말하는 그럴 수밖에 없는 그를 그의 처지를 우리는 모두 암묵적으로… 이해한다.

한 시인이 태어나기도 전부터 나고 자라 중년이 되도록 보고 배우고 알게 되고 느낀 모두를 시로 표현하기까지 얼마나 많은 입장에 서 보는지 독자는 알기 어렵다. 그 어려움을 덜어주겠다고 시인이 고주알미주알 사연을 휘갈길 수는 없는 노릇이다. 그저 눈 밝은 독자가 고마운 것이다, 유감스럽게도 쉽게 만나기 어렵지만. 세상의 이치가 그렇듯 멀리서 보아야 제대로 보이는 것은 사물이나 사람이나 마찬가지인 듯싶다.

횡천橫川

이창수 시집

발행일
2022년 6월 15일   초판 1쇄

지은이   ● 이창수
펴낸이   ● 김종해
펴낸곳   ● 문학세계사
출판등록   ● 1979. 5. 16. 제21-108호

주소   ● 서울시 마포구 신수로 59-1(04087)
대표전화   ● 02-702-1800
팩스   ● 02-702-0084
이메일   ● mail@msp21.co.kr
홈페이지   ● www.msp21.co.kr
페이스북   ● www.facebook.com/munsebooks

값 10,000원
ⓒ 이창수, 2022
ISBN 978-89-7075-541-0   03810

"이 도서는 2020년도 한국문화예술위원회 아르코문학창작기금지원
사업에 선정되어 발간되었습니다."